Thelma
THE Unicorn
Giddy up for some gorgeous colouring and exciting activities with Thelma, her adoring fans and Otis. Don't be afraid to add some extra sparkle!
AF585405

Maze

Help Thelma find her way through the maze to Otis.

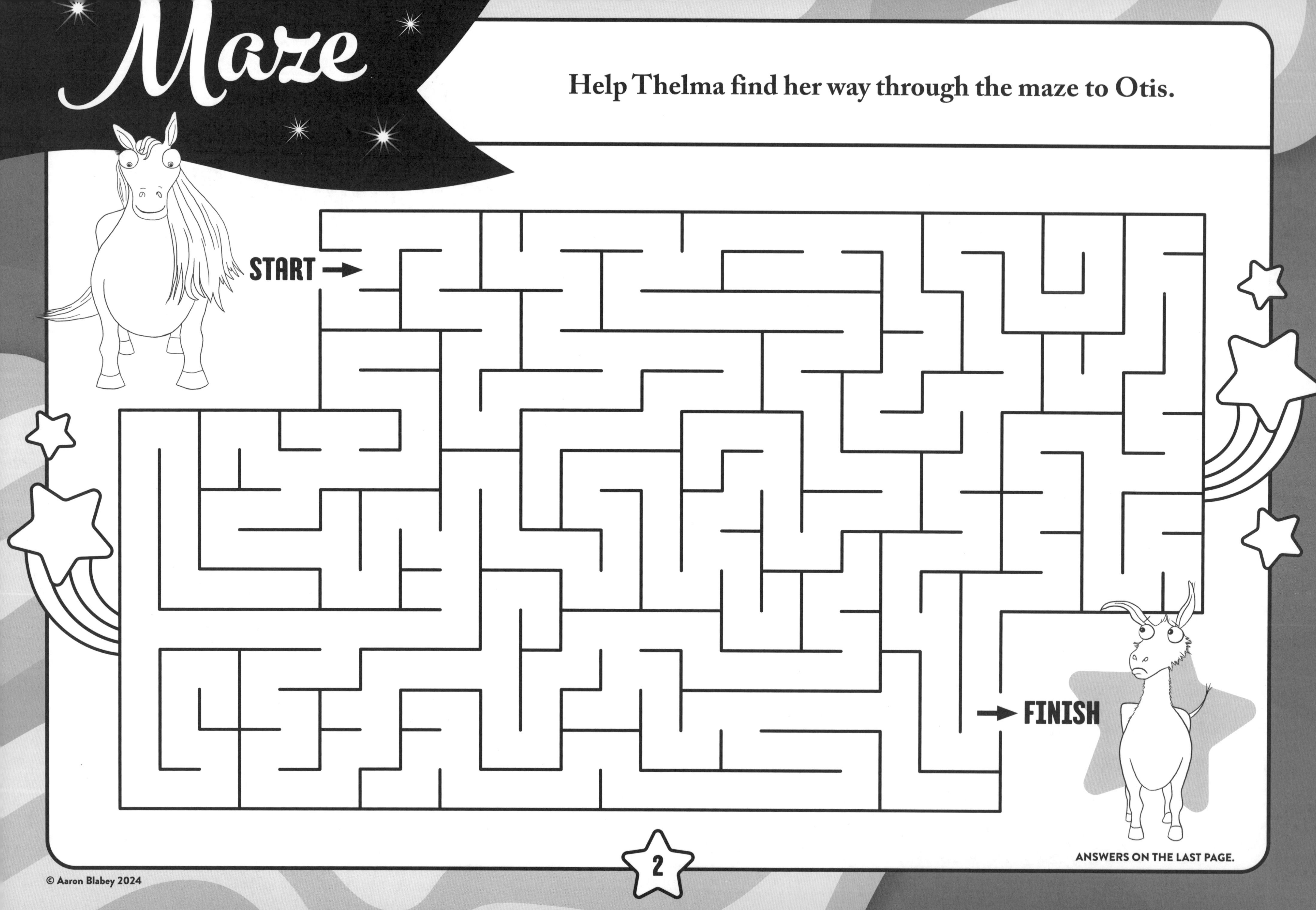

ANSWERS ON THE LAST PAGE.

LIVE!
FROM TIMES SQUARE
THELMA IS BACK!

Star Search

Help Thelma find all the words from the word bank in the star below. Words can go across, down and diagonally.

CELEBRITY
FABULOUS
FAME
GLITTER
OTIS
PINK
SPARKLE
THELMA
UNICORN

D S
G G
N P S B
T B P G
E G F A H A
C X G R K B
C V U P M V M C R H K G J Y Y Q U M Q P
P H O T I S H U E G L X J B U S K X T K
U B F C N K N D L E K X X U K Z R Z
T R Z H K I U H E J G O N P E Q
F E U P C C X Z B L Q V T K
V Y Q O N S S U R A T Q
K O E E R K Q B G X I M V M
U O M G N W A X F L Q T J L
M L A Y U M F D M G A F Z Y M A
T F D P Q B F S A F B M T W
Y T Q Z A X M B T H E L M A
X N P L T I N X Z P
L Z K F T Z H H
A L M Y

ANSWERS ON THE LAST PAGE.

Shadow Match

Only one of these shadows matches the picture of Otis and Thelma. Find the matching shadow and circle it.

ANSWER: C IS THE MATCHING SHADOW.

Big Fan

Thelma has so many fans, but who is her biggest fan of all time? To find out, draw a line connecting the dots in order starting at 1. The character who is NOT crossed out is her biggest fan!

A: 1, 3, 4, 2	B: 15, 16, 14, 13
C: 5, 8, 7, 6	D: 9, 12, 11, 10

WE LOVE YOU

ANSWER: B—OTIS IS THELMA'S BIGGEST FAN.

Spot THE Difference

There are six differences between the two pictures below. Circle them on Picture B.

ANSWERS ON THE LAST PAGE.

Crossword

Complete this crossword using the words in the word bank. Some letters have been done for you.

FOUND
FRIENDS
HAPPY
MISSING
PROUD
RETURN
SHOWBIZ

P

M

R

Z

ANSWERS ON THE LAST PAGE.

Dot-to-Dot

Join the dots starting at 1 to complete this picture of Thelma doing her excercises.

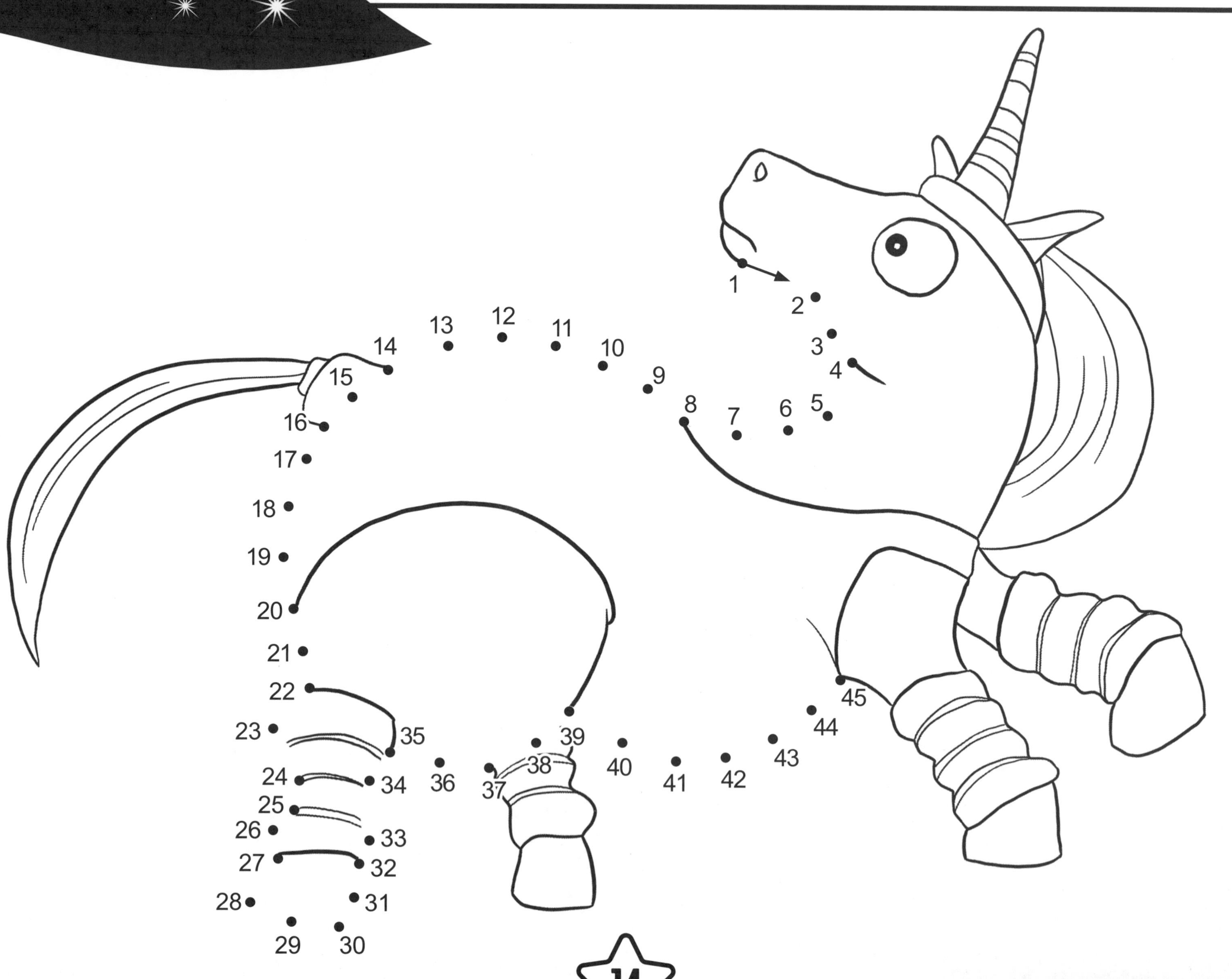

Unscramble

Follow the letter paths to describe Thelma and Otis.

ANSWER: THELMA AND OTIS ARE BEST FRIENDS.

WHERE IS THELMA?
ANY INFORMATION PLEASE CALL
18000THELMA
'Thelma, please come back . . .'

Sudoku

Complete these puzzles by drawing the missing symbols in the empty boxes. Each symbol appears once in each row, column and 2x2 box.

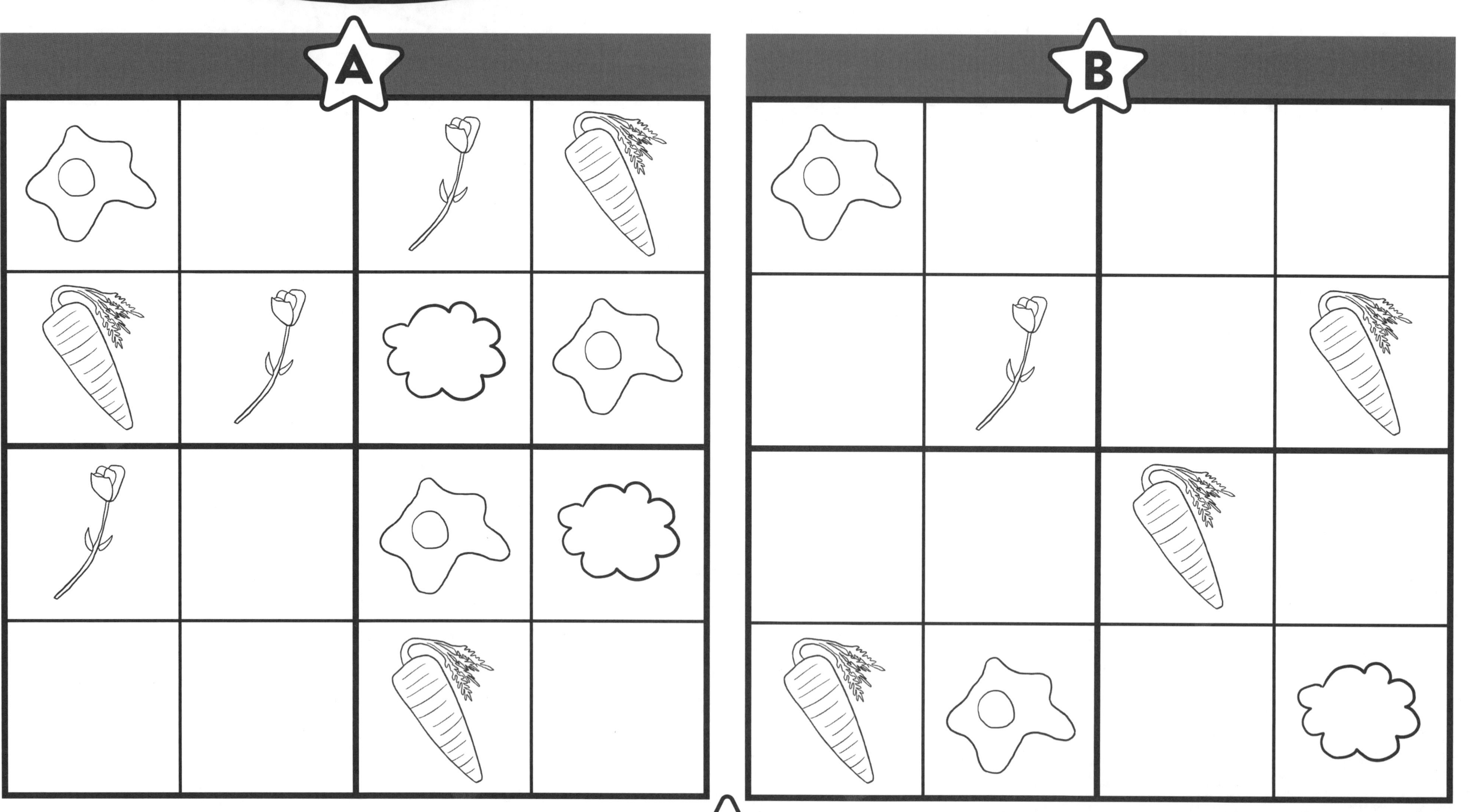

ANSWERS ON THE LAST PAGE.

THELMA
6

Snow Day
Otis and Thelma have gone skiing! Draw and colour a snowy landscape for them to enjoy.

WE LOVE THELMA!
THELMA
YA

Word Maker

How many words can you make by rearranging the letters in:

Thelma the Unicorn

....
....
....
....
....
....
....
....
....
....
....

ANSWERS INCLUDE: CALM, CHARM, HIM, LUNCH, MACHINE, MATCH, MUCH, NUMERAL, TIME, TOUCH.

MARRY ME THELMA
HELP ME BE A UNICORN

Answers

PAGE 2

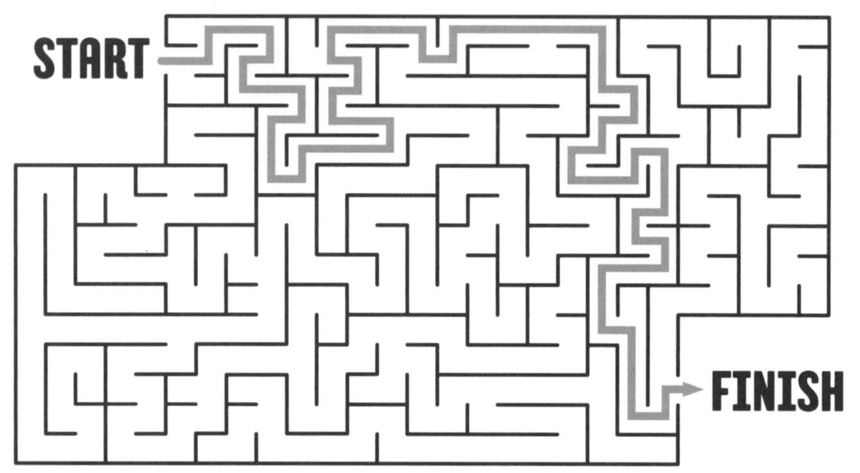

PAGE 4

D S
G G
N P S B
T B P G
E G F A H A
C X G R K B
C V U P M V M C R H K G J Y Y Q U M Q P
P H O T I S H U E G L X J B U S K X T K
U B F C N K N D L E K X X U K Z R Z
T R Z H K I U H E J G O N P E Q
F E U P C C X Z B L Q V T K
V Y Q O N S S U R A T Q
K O E E R K Q B G X I M V M
U O M G N W A X F L Q T J L
M L A Y U M F D M G A F Z Y M A
T F D P Q B F S A F B M T W
Y T Q Z A X M B T H E L M A
X N P L T I N X Z P
L Z K F T Z H H
A L M Y

PAGE 8

B

PAGE 12

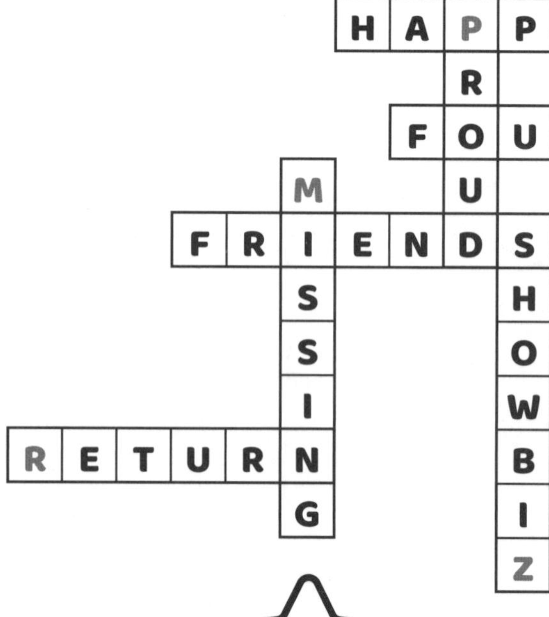

PAGE 18